Leyendas de Fernando de Noronha y otras historias

Leyendas de Fernando de Noronha y otras historias

ALDIVAN TORRES

Canary Of Joy

CONTENTS

1 | Leyendas de Fernando de Noronha y otras historias   1

Leyendas de Fernando de Noronha y otras historias

Leyendas de Fernando de Noronha y otras historias
Aldivan Torres

Autor: Aldivan Torres
©2020 - Aldivan Torres
Reservados todos los derechos.
Serie: Fábulas   del   Universo

_____ Este libro, que incluye todas las partes del mismo, está protegido por derechos de autor y no puede reproducirse sin permiso del autor, revenderse o transferirse.

_____ Aldivan Torres, natural de Brasil, es un escritor consolidado en varios géneros. Hasta el momento, tiene títulos publicados en decenas de idiomas. Desde principios, siempre ha sido un amante del arte de escribir, consolidó una carrera profesional desde el segundo semestre de 2013. Esperas con tus escritos para contribuir a la cultura brasileña, despertando el placer de leer en aquellos que aún no están acostumbrados. Tu misión es conquistar el corazón de cada uno de tus lectores. Además de la literatura, sus principales gustos son la música, los viajes, los amigos, la familia y el placer de vivir. Para la literatura, la igualdad, la fraternidad, la justicia, la dignidad y el honor del ser humano siempre» es su lema.

Leyendas de Fernando de Noronha y otras historias
Dedicación y gracias
La leyenda de Alamoa
El gitano
Hombre del techo
La cárcel federal
La noche de la venganza
Los Gigantes de Fernando de Noronha
La Mujer Dorada
Gigante de medianoche
El tesoro perdido
El niño lisiado y libre de dientes
El monstruo del mar
La mujer pesada
La casa embrujada
El monstruo del bosque
La Isla de Perla en Polinesia
Un paraíso en medio del mar
En la isla de la Ascensión
La llegada a la isla

Dedicación y gracias

Dedico este trabajo a Dios, a mi familia, a mis compañeros de viaje y a mis lectores. No sería nada sin ti. Cada línea escrita tiene un poco de este incentivo y la garra brasileña. Somos una batalla, llena de sueños que aún tienen que hacer de este país el mejor del mundo.

Agradezco mi regalo, los buenos tiempos que viví, los malos momentos que me han hecho crecer, los libros leídos, los buenos comentarios, los críticos señalando defectos, por fin, agradezco a cada persona que es parte de mi vida. Soy una reunión de pensamientos e incertidumbre que conduce al destino. Este destino es la casa de cada uno de mis seguidores. Qué bueno ser parte de tu vida.

Todas las historias merecen ser contadas, sean importantes o no. Estos son los recuerdos que permanecen para siempre y eternizan al hombre. Así que no busques bienes materiales. Busca primero el reino de Dios, y todas las otras cosas te serán dadas por ganancias.

La leyenda de Alamoa

Un grupo de piratas navega varios días a través del océano llevando los frutos de sus últimas obras. Es un grupo muy apretado, divertido y decisivo. Han estado juntos durante años en muchas aventuras que podrían destacar su sindicato y cooperación mutua. Eran piratas reales en su esencia intrínseca.

Cuando se acerca al archipiélago de Fernando de Noronha, comienzan a hablar entre sí.

"La noche viene y el cuerpo no se relaja. ¿Qué debemos hacer ahora, queridos marineros? Cuestionó al capitán, un alto, barbudo, arrugado de arrugas debido a la edad.

"Creo que podemos atracar ahora mismo. De esa manera, podemos pasar la noche más tranquila, sugirió Pietro, un fuerte delegado marrón, uno de los marineros.

"Buena idea. ¿Pero en qué punto? ¿Alguien piensa en algo? Ha sido envuelto al capitán.

"La isla de Fernando de Noronha está cerca de aquí. Es el único lugar donde podemos atracar. Pero también es un lugar muy peligroso, lleno de criaturas sobrenaturales. ¿Qué te parece? Sugirió a Herbert, rubia con una cola de caballo, uno de los tripulantes más experimentados.

"Creo que es una gran tontería. ¿Somos piratas o no? Eso no me asusta, afirmando a una de las mujeres.

"Estas mujeres me hacen sentir orgullosa. Quería ser como ellos. Me temo que estas leyendas hablan el cocinero de grupo.

"Esto se espera. Lo que te falta de valor, deja en habilidad en la cocina. Por eso tu parte de nuestro equipo, has afirmado al capitán.

"Gracias por sus felicitaciones, Capitán. Prometo mejorar cada vez más y más y más y el cocinero ha vuelto.

"Vamos a Fernando de Noronha para hacer historia. Estoy seguro de que todo estará bien decidido el capitán.

"Que así sea, desearon a los otros miembros.

El barco ha sido dirigido a la isla. En cada uno de ellos, había un sentimiento de aventura, miedo y expectativa. ¿Qué pasaría? ¿Eran ciertas historias? La única certeza que tenían era que enfrentarían todos los obstáculos en el camino. Estaban orgullosos de sí mismos por ser tan valientes. Así que estaban haciendo la fama de los piratas más temidos del océano.

"Puedo ver la isla. ¡Ya vamos, caballeros! Anunció a uno de ellos.

Hay un escándalo en la nave y todos cooperan para una mejor llegada. En unos minutos, atracan el barco junto al mar y todos bajan. La isla era tranquila y fría como siempre. Un espectáculo de belleza para todos los que estuvieron allí. El capitán reanuda el diálogo:

"Ahora estamos en tierra seca. Hombres, vayan al bosque. Ve a buscar comida y madera para hacer un incendio. Tenemos que construir una cabaña también. Ella será refugio para todos nosotros porque hay muchos animales feroces por aquí. Mujeres, despejen el terreno mientras esperamos la llegada de nuestros queridos marineros.

"Vale. Vamos a cumplir la orden, señor.

"¡Qué equipo tan dedicado! Es a veces cuando siento un gran orgullo.

Los grupos se han separado para seguir las órdenes del jefe. La isla de Fernando de Noronha respiraba aire de tranquilidad, mar y misterio. Ali, cualquier cosa podría pasar. Un poco después, los grupos regresan con las tareas realizadas.

"Finalmente, el fuego y las tiendas están listas. Ahora, tenemos que preparar la comida sugirió al capitán.

"Lo haré inmediatamente, le prometí al cocinero.

"Así fue como se hizo. El cocinero comenzó a cocinar deliciosa comida. El resto de nosotros descansamos en el suelo del viaje agotador.

"¡Qué olor tan hermoso! Estos peces se ven muy sabrosos.

"¡Gracias, jefe! Estoy tratando de darte una buena comida, has reclamado al cocinero.

"Lo sé. Además de las criaturas sobrenaturales que la isla alberga, dicen que tiene sed de tesoros incalculables informados Herbert.

"Esto es muy bueno. ¿Estás dispuesto a ayudarme a conseguir este tesoro, marinero? Preguntó al capitán.

"¿Qué no estoy haciendo por mi querido jefe? Sí, puedo arriesgar mi propia vida.

"Me alegro de que lo hayas decidido. Únicamente tienes que cumplir el juramento del pirata; la acción de un pirata protege a los demás. (Capitán)

"Prometo que mi trabajo se hará de esa manera. (Herbert)

¡"La comida está lista! ¡Vengan a comer, montón! (cocinero)

Todos se reunieron alrededor del fuego. A lo lejos, se podía oír aullidos de lobos aterradores. La noche se estaba moviendo hacia delante.

"Como siempre, la comida es deliciosa. ¿De dónde sacas tu talento, querido sirviente? (Capitán)

"Creo que aprendí de mi madre. Que descanse en paz en buen lugar. Desde la infancia, me enseñó muchas recetas. Con esto, me gusta la cocina.

"Bendice a tu madre. Nos has dejado una persona maravillosa, competente y delicada. (Lluvia, una de las mujeres)

"Gracias, amigo. Trataré de servirlos lo mejor que pueda. Me alegro de ser agradable.

"Todo lo que necesitas es tener un poco más de valor. (Bella, otra mujer)

"Tienes razón. Pero, ¿hay alguien perfecto en este mundo? (cocinero)

"Nadie. Solamente bromeaba. No tienes que intentar cambiar. Eres lo suficientemente útil para nosotros. (Bella)

"¡Gracias! (cocinero)

La conversación continuó en varios asuntos y con ese tiempo pasaba. Entonces el capitán anunció:

"Es hora de dormir. ¿Puedes cuidarnos, Pietro?

"Sí. Absolutamente. Puedes dormir tranquilamente. Nada les hará daño.

Todo el equipo se fue a dormir mientras el guardia se encargaba de todos. Mientras tanto, la noche se estaba moviendo más lejos. Cerca de la medianoche, una figura extraña se acercó a él.

"Buenas noches, buen caballero. ¿Puedes ayudarme?

"¿Qué quiere, querida señora? ¿Qué haces sola en esta noche fría?

"Soy residente de la isla y he oído tu conversación. ¿Buscas el tesoro?

"Sí. ¿Cómo puedes ayudarme?

"Sé exactamente dónde está el dinero. No puedo entenderlo porque tengo miedo.

"Interesante. ¿Cuál es tu propuesta?

"Recojamos el tesoro. En cuanto lo consigamos, dividiremos el premio.

"Esto suena como una buena idea. ¿Pero cómo se supone que deje a mi equipo sin guardia?

"No les va a pasar nada. Esta es una zona muy tranquila. El fuego asustará a los animales peligrosos. Además, el mayor deseo de su capitán es el tesoro. ¿Has pensado en su alegría cuando se entera de que la tienes? Definitivamente te van a ascender.

"Va a ser una gran sorpresa. ¿Qué estamos esperando? Llévanos al sitio del tesoro.

"¡Muy bien! ¡Nos vamos ahora mismo!

El dúo dinámico comenzó a caminar y cruzó la isla. Hacen una parada estratégica en el pico de Alamoa.

"Dicen que el pico de Alamoa es demasiado peligroso. ¿Deberíamos continuar? (Pietro)

"¿Aún crees en estas creencias? Olvida la superstición y seguiremos caminando. El tesoro nos espera. (Señora)

"¿Hace mucho que vives aquí?

"Soy natural aquí. Este lugar es bendecido por Dios. Es una pena que mucha gente eche a los turistas con falsos rumores.

¿Qué significa esto?

«Competencia. Esto es el paraíso. La gente es egoísta y centralizada.

¿Y tú, ¿no?

"Estamos hablando de negocios. ¿Quieres el tesoro?

"Por supuesto que sí.

"Muy bien.

El paseo continúa un rato. Al llegar a la cima, la figura extraña se ha convertido en una mezcla de demonios y mujer rubia.

"¡Estamos aquí! ¿Dónde está el tesoro? (Pietro)

"En tu mente tonta.

¿Quién eres?

"Soy Alamoa, la diosa de la isla. Invadiste mi espacio. Ahora, pagarás con tu propia vida por la paz de tus colegas.

El diablo atacó al hombre y lo devoró. Otra víctima de esta figura legendaria. El dicho dice: "En el mundo, hay todo y no debemos dudarlo".

El gitano

Un grupo de gitanos aterrizó en la isla de Fernando de Noronha después de que fueron expulsados del continente.

"Estamos aquí. Esta es ahora nuestra tierra. Nos echaron del continente para limpiar racial. Sin embargo, somos mucho más de lo que piensa el hombre blanco. Somos mensajeros de Bel, el Dios Todopoderoso.

"Así es, hermana. No necesitamos al hombre blanco. Tenemos la fuerza del espíritu que conduce nuestros sueños. Además, no somos mejores o peores que nadie. Consideramos que este exilio es un aprendizaje. Olvidemos las penas, el dolor y los desagrados pasaron.

"Consideraremos este exilio como un aprendizaje. Olvidemos las penas, el dolor y el "repugnante del pasado.

"Necesitamos, pues, evolucionar en nuestra búsqueda de Dios. Deja que nos ayude.

"Que se haga.

Hablando en la playa de la isla al atardecer.

"Qué isla tan maravillosa. Haber sido echado de la tierra firme no parece haber sido una mala idea. Siento mi fuerza pulsando y rejuveneciendo. Por lo tanto, me siento completa.

"Yo también, hermana. Tenemos que estar preparados para recibir visitas de noche.

"¿Hay alguien más aquí en esta isla perdida?

«Sí, un pirata holandés y un sacerdote.

¿No hay mujeres? ¿Estoy a salvo aquí?

«Sí, lo eres. ¿Qué tiene de malo? Sé que puedes defenderte.

"Es verdad. Soy un maestro de seducción y control espiritual. No hay ningún hombre que no sucumba a mis encantos. ¡Estoy listo para lo que venga y vaya!

"Esta es la manera de hablar, hermana. Volveré en un rato. Necesito traernos algo de madera y comida.

"Vale. Mientras tanto, voy a meditar un poco.

La gitana entra en un estado de meditación. Una calma suave llena todo el ambiente en el trueno y el rayo.

"Mis poderosos dioses, entidades que soplan de aquí a aquí, os pido inspiración y protección en los días. Sé amigo de mis amigos y enemigos de mis enemigos. De todos modos, el destino prevalece en mi vida.

El hermano de la gitana vino y construyó la cabaña.

¡"La cabaña está lista!

"¡Genial! Buen trabajo, hermano.

Luego un sacerdote y un pirata vinieron a hacerte compañía y hablar un poco.

"Hemos venido a saludar a nuestros nuevos vecinos. ¡Que la paz de Cristo esté con vosotros! (Padre)

"Apreciado, padre. Te deseo lo mismo. (Gitano)

"Que los buenos espíritus te protejan.

«Gracias, amigo. Soy el capitán Willy, un amigo pirata que me ha estado haciendo compañía durante muchos años.

¡Bienvenido, Willy! (Gitano)

"¡Sé mi invitado, amigo! (Hermano)

"Aprecio tu hospitalidad. Me encanta este lugar, pero me siento extremadamente sola. (Willy)

¿Pero no tiene usted al sacerdote? (Hermano)

"No querer ignorar a mi colega, no es lo mismo. Estar cerca de una mujer parece cambiarme completamente. (Willy)

"Ya veo. Pero mantengamos nuestra distancia. El respeto es el primero. (Gitano)

"Por supuesto, señorita. En ningún momento, te falté el respeto, aunque tienes tantos atributos. (Willy)

«Gracias a Dios.

"Además, estoy aquí para defenderte. (Hermano)

"Gracias por el apoyo, hermano. (Gitano)

"Tranquilo. Vinimos por la paz. (Padre)

"¿Comemos entonces? Deben tener hambre.

"Lo clavaste, querida. (Willy)

El cuarteto entró en la cabaña. La cena fue servida y luego reanudó la conversación.

"¿Cuánto tiempo llevas en la isla? (Hermano)

"Hace tres años. Somos los guardianes de este lugar para el gobierno. No compactamos con la decisión de nuestros superiores. Para nosotros, los gitanos son seres muy amables e inteligentes. Somos hermanos en Cristo.

"Tu tipo, Padre. Para otros, somos basura. Somos algo podrido que puede ser tirado. Es doloroso esa exclusión porque lastima al alma. También somos hijos del mismo Dios.

"Lo que quieren es que vamos a morir aquí. Puede que lo entiendas, pero los responsables no se saldrán con la suya. (Hermano)

"Tómalo con calma, muchacho. Piensa en el lado positivo. Puedes disfrutar este santuario con nosotros. No necesitas nada más. (Willy)

"Tienes razón. Ahora, finalmente somos libres.

"Bebamos y comamos en honor a este hermoso día. El día que llegaron nuestros amados amigos.

"Sí, es una gran razón para celebrar. (Willy)

Ha sido una larga noche regada por comida y bebidas fuertes. El pequeño gitano se quedó dormido profundamente en la cabaña. Con eso, los forasteros se aprovecharon de ella y la violaron.

"¿Cómo? ¿Qué pasa? ¿Qué pasó? (Gitano)

"No lo sé, hermana. Todo lo que sé es que esos bastardos se escaparon. ¿Quieres que me venga con ellos? (hermano)

"No. Lo haré yo mismo. No tengo ganas de vivir después de lo que me hicieron. Además, hoy estoy entregando para el otro mundo. Pero mi maldición es por cada hombre que se acerca a este lugar. Así me respetarán. No soy gitano por casualidad.

Los hombres que abusaron de la chica murieron en accidentes misteriosos. Desde este día en adelante, la gitana se convirtió en una leyenda de Fernando de la isla de Noronha.

Hombre del techo

En casa del general

En una de las pocas residencias de Fernando de la isla de Noronha, se encontró al general Felipe Moreira, su hija Luiza y su esposa Albertina.

Luiza

Papá, pareces cansado. ¿Qué pasó?

Felipe Moreira

Estoy preocupada. Acabo de tener unos tipos malos peligrosos en prisión. Fueron deportados del continente, y no parecen amistosos en absoluto.

Albertina

¿Qué pasa, hombre? ¿Tienes miedo? Usted es el general aquí. Confía en ti mismo.

Felipe Moreira

No es así, mujer. Mi posición no es tan cómoda. Tratar con esto se ocupa.

Albertina

Ya veo. Rezaré para que todo esté bien.

Luiza

Yo también haré eso, mamá.

Felipe Moreira

Te dejo esa tarea. Además, no soy de los que creen en ese tipo de cosas. Estoy más apegado a la ciencia y la política.

Luiza

Lo sabemos, papá. No te preocupes. Puedes ir a trabajar. Estaremos bien.

Felipe Moreira

Ahora mismo voy, hija. Estad en paz.

La cárcel federal

El general entra en la cárcel, pero siente algo extraño. Por detrás, tres hombres lo arrestan, y no hace una reacción.

Felipe Moreira

¿Qué estás haciendo? ¿Qué va a pasar?

Ezequiel

¡Somos la resistencia, viejo! Estamos contentos con esta oportunidad de reacción. ¡Además, no aceptamos sus reglas! Queremos ser libres, de hecho y con derecho libre. ¡Pero no nos aceptarás! Nos arrestan porque violamos la ley, pero solo queremos paz. ¡No tienes derecho a decidir nuestras vidas!

Roger

Representas opresión y discriminación para nosotros. Además, eres nuestro oponente. No tendremos piedad de ti ni del gobierno porque no nos tienen consideración. ¡Este es nuestro momento de venganza!

Andrade

¿Sabías que vas a morir? Pagarás por tu error. No somos nosotros los que pagamos. Un día, es cazar y otro día son los cazadores.

Felipe Moreira

Soy un simple empleado. Soy un agente de la ley y obligaciones. Puede que incluso me mates, pero eso no va a borrar lo que hiciste. No los dejaré solos en ningún momento en sus vidas. Tendrás cambio.

Ezequiel

Estás lleno de mierda.

Los tres hombres actuaron y estrangularon al general. Sus gritos se echan de menos hasta que muera. El dolor sigue en la isla.

Enterrado

La familia se ha reunido, llorando por la muerte del general. Han venido prácticamente todos los parientes a despedirse de este importante líder del gobierno. Pasaron todo el día observando el cuerpo en medio de la oración por su alma. Sin embargo, todos querían venganza.

La marcha funeraria se ha movido al cementerio. Ha llegado el momento de dar testimonio de la familia:

Luiza

Era un padre modelo. Cumplió todas sus obligaciones. Nunca me he perdido nada. Tuve comida, ocio, ropa, zapatos y conversaciones agradables. Era un padre notable. Era educado, amable y gentil. Fueron años de buenas emociones de tu lado. Así que, papá, ve en paz. Con ustedes estarán mis oraciones y oraciones. Nunca olvidaré el buen padre que eras. Siempre estaré agradecido por todo lo que has hecho por nuestra familia.

Tía Bernice

Era un hombre muy social. Un ejemplo de profesional para todos los que lo admiraban. Era muy responsable de su familia. Siempre nos visitó y nos apoyó. Además, se merece el mejor crédito en el momento de la muerte.

Albertina

Era el amor de mi vida. Nos conocimos en la universidad en Recife. Fue amor a primera vista. Desde entonces, nunca nos hemos separado.

Construimos una familia juntos y un nombre de respeto. Únicamente tengo que agradecerte por 30 años de matrimonio.

Renuncia al general.

Grita uno de los regalos en un último acto de despedida.

La noche de la venganza

Ha llegado la noche de luna llena. Siete días después de la muerte del General, su alma despertó con sed de venganza. Después de instalar los tejados, llegó a la habitación del enemigo. Con su poder espiritual, prendió fuego a todo el ambiente mientras los enemigos estaban dormidos.

Despertaron siendo comidos por las llamas. Antes del sufrimiento de los rivales, los lobos se reían. El diablo viene y lleva todas las almas inquilinas. Planificada y exitosa venganza. Una mezcla de paz llena la familia del general. Su muerte había sido vengada. ¿Quién hierro duele, con él se lastimará?

Desde este día, la leyenda fue creada y aterrorizada a los residentes de la isla.

Los Gigantes de Fernando de Noronha

En los tiempos remotos, había un rico y valioso reino en la isla que dominaba toda la región actual de América del Sur. Es sobre los Gigantes de Noronha. Era una sociedad formada por hombres y mujeres gigantes, conectada al misticismo de la naturaleza y la religión. Había reglas claras de comunión estrecha con el creador y obediencia a los superiores.

Pero era una sociedad sin amor o sin relaciones sociales fuertes. Duró siglos hasta que algo inesperado ocurrió entre un par de gigantes.

Rodney

No sé cómo se siente, Grace. Pero siento algo extraño. Es un torbellino de emociones que domina todo mi cuerpo. Siento mi corazón latiendo, mis piernas tiemblan y espero verte. Durante el día, mis pensamientos se concentran en saber cómo estás. Y de noche, me imagino situaciones contigo. Es casi una dependencia química. Necesito estar siempre a tu alrededor. Necesito participar en tu vida de alguna manera. ¿Soy un pecador? No entiendo estas leyes que seguimos. Son leyes tan duras y sin sentido. ¿Por qué amar a alguien lejos y despreciar quién está cerca? Siento que necesito un calor humano. ¿Por qué no puedo sentir deseos o cómo alguien? ¿Por qué esta fijación en dominar el mundo? Después de conocerte, nada de esto tiene sentido para mí. Prefiero sentir exactamente lo que describí. ¿Qué piensas de eso, mi amado?

Grace

Eso me suena muy familiar. Siento algo como esto sucediendo en mi vida. Siento la necesidad de lucir bonita, caminar, estar contigo cada momento. Me siento dependiente de su compañía y de su protección. Tu presencia me trae una seguridad que nunca he sentido con nadie. Conozco nuestra ley. Pero no le tengo miedo a los demás. Creo que el riesgo vale la pena. Este descubrimiento me trae paz y me entristece al mismo tiempo. ¿Por qué no podemos vivir este amor? Creo que somos libres. Tenemos que tratar de encontrar este punto de explosión que tanto merecemos. Tenemos que dar nuestra libertad llorar de una vez por todas.

Rodney

Estoy de acuerdo contigo. Así que, dejemos que este sentimiento nos guíe completamente.

Los amantes se dieron su pasión y descubrieron los placeres carnales. Cuando los otros descubrieron la transgresión de la ley, fueron sacrificados. Los pechos de la mujer fueron arrancados y hoy se convirtió en la muerte de ambos hermanos. El órgano genital del hombre también fue cortado creando el Pico Die.

La Mujer Dorada

La Isla de Fernando de Noronha siempre ha recibido numerosas visitas de piratas de todos los lugares del mundo. Dicen que el lugar está lleno de tesoros enterrados y lleno de criaturas sobrenaturales. Normalmente son las almas de los piratas que murieron guardando el oro.

La isla es un lugar turístico maravilloso debido a sus bellezas naturales. Se considera uno de los lugares más hermosos del mundo. Buscando por el resto de su vida asignada, el empresario Andrew y su esposa Meggie aterrizaron en la isla.

Además de viajar, son un par de cazadores de tesoros. Después de divertirse todo el día, salieron a caminar a medianoche con solo la luz de la luna y su linterna.

Andrew

¡Qué lugar tan fantástico! Me encanta este viaje, mi amor. Pero, de hecho, deberíamos ser profesionales. Quiero hacerme rico con los tesoros de la isla. Quiero ser capaz de tener la vida que siempre he soñado. Nos lo merecemos. Siempre hemos luchado toda nuestra vida.

Meggie

Estoy de acuerdo, amor. Pero tengamos cuidado. Los dueños del tesoro podrían ser molestados. Necesitamos elaborar una estrategia perfecta. Creo que estamos en el camino correcto.

Andrew

Claro que sí. He pensado en todo. Nada malo puede pasarnos.

En eso, apareció en su campo de visión una vieja desagradable que se presentó:

Viejo

Tengo hambre, caballeros. ¿Podrías compartir conmigo el pan que tienes en la bolsa?

Meggie

Claro que sí, señora. Toma estos dos bollos. Eso aliviará tu hambre.

Viejo

Estoy muy agradecido por su caridad. Como retribución, te daré mi tarro de mascotas. Encontré esta olla enterrada en uno de los lugares de la isla. Estaba esperando a que la persona adecuada se lo diera. Nos vemos luego. Estate con Dios.

La pareja tiene hierba. Al abrirlo, encontraron varias monedas de oro que representaban una pequeña fortuna. Es como el dicho: "El universo paga exactamente lo que le ofrecemos".

Gigante de medianoche

En las noches lunar brillante, suele aparecer en Fernando de Noronha un hombre de estatura gigantesca. El gigante se acercó a la playa y empezó a pescar. Desde su apariencia, nadie podía pescar más. Por obra de magia, todos los peces fueron atraídos al buque de estas ilustres figuras.

Si alguien intentara seguirle o atraparlo, seguiría su caminata y desaparecería en medio del bosque. Luego reapareció en otro punto de la isla que era más pacífico. El gigante simplemente dominó la pesca en la isla e hizo que todos asustados.

Terminado de pesca, el gigante se unió a fantasmas, duendes y hadas para hacer una fiesta agitada. Con un montón de baile, música, sexo y drogas se llamaban el Grupo Libertinaje. Algunos de los residentes de la isla se alegraron de esta cultura y participaron también en la raqueta.

Las fiestas duraron semanas o meses. Entonces, simplemente el gigante se fue por un tiempo. Era su período de hibernación en el mundo astral. Debido a que era un lugar mágico, la isla estaba cubriendo varias dimensiones espirituales. Sus amigos volvían a trabajar y esperarían con ansiedad una nueva reunión que prometió más emociones que la última vez. Es como dice el dicho, la vida está hecha de momentos y diversión.

El tesoro perdido

Alrededor del siglo XVI, aterrizó en la isla uno de los piratas más temidos de la época. Francis Drake era un gran pirata, riquezas rapero, violador de mujeres, asesino de niños entre otras cosas terribles. Recientemente, había robado un barco y estaba siendo perseguido.

Astuto, busca un lugar seguro para enterrar su tesoro. Era una riqueza incalculable de monedas, joyas preciosas, barras de oro y efectos personales. Mantuvo este tesoro en una de las cuevas más inaccesibles de la isla.

Antes de salir del lugar, lanzó un hechizo en la cueva. Así que el tesoro estaba custodiado por tres criaturas sobrenaturales, una criatura de media onza y media serpiente, una criatura mitad cocodrilo y medio dragón, una criatura mitad hombre y medio águila. Todos los que intentaron rescatar el tesoro fueron simplemente destruidos.

El niño lisiado y libre de dientes

La leyenda nos dice que John era un chico muy travieso para sus padres. Todos los consejos que recibió, desdeñaron y continuó su maldad. La situación empeoró que llegó a un punto insostenible. Así que tu padrastro reaccionó y le dio una gran paliza que le rompió todos los dientes y una pierna.

Después de ese día, el chico se enfermó y estaba triste. Pasó tres meses entre vida y muerte hasta que finalmente falleció como consecuencia de las complicaciones de la herida. Como castigo por ser tan malo, se convirtió en una isla destrozada por el alma. Cada niño que desobedece a sus padres y se va en medio de la noche, persigue y asusta.

El monstruo del mar

La bahía sudeste era un lugar mágico. En medio de la noche, había ruidos y gemidos ensordecedores. Eran terribles monstruos marinos que rodeaban la isla. Eran criaturas de la antigua ciudad de la Atlántida que aparecieron misteriosamente. Eran especies de tiburones, ballenas asesinas, serpientes, cocodrilos gigantes, entre otros.

La leyenda nos dice que Atlántico y Fernando de Noronha formaban parte del mismo gobierno astral. Fue el gobierno del Príncipe Tefeth, quien ordenó a ningún extraño acercarse a su dominio. Estas criaturas mágicas estaban encantadas por su hechizo y eran sirvientes de su dominio y poder.

Cualquiera se acercó e intentó pescar en la costa en ese momento fue embrujado y tuvo un final terrible. Las sirenas chuparon la sangre de la víctima y compartieron con los peces, los restos de la carne. Así que cada uno de ustedes respeta sus límites y no intente enfrentar los dominios del Príncipe Tefeth.

La mujer pesada

bosque
Hombre
He estado caminando durante días sin descanso. No puedo soportarlo más. Voy a tener que pasar la noche aquí en medio de estos bosques.
Pez volador
Mientras cae la noche, estoy preparando mi cena. El pez estará delicioso. Es comida muy saludable.
Meditando
Es horrible quedarse aquí, pero no tengo elección. Voy a tener que superar mi miedo porque estoy en un lugar lleno de leyendas y fantasías.
Comer
La comida se ve deliciosa. Me alegro de haber aprendido a cocinar desde que era joven.
Matar
¡Ya comí! Estoy bastante cansada. Intentaré dormir ahora
Mujer pesada
¡Te ahogaré! ¡No sobrevivirás!
Hombre
¡Eres el tonto! ¡Tu sombrero es mío!

Mujer pesada
Por favor, devuélveme mi sombrero.
Hombre
Por supuesto, te lo devolveré. Pero tienes que cumplir mi deseo.
Mujer pesada
¿Qué quieres?
Hombre
Soy muy pobre. Quiero hacerme rico.
Mujer pesada
Muy bien. Le concedo su deseo. Serás el hombre más rico de la región.
Hombre
Gracias. Disfrutaré la vida con mucho dinero. Es todo lo que siempre quise. Un placer hacer negocios contigo, Mujer Pesado.

La casa embrujada

Hijo
Mamá, esta casa es muy rara. Veo ruido de romper platos, puertas siendo rascados, escalones, antorchas volando y fantasmas. ¡Estoy tan asustada!
Mami
Cálmate, hijo, debes ser un espíritu sufridor. Los antiguos residentes de esta casa eran brujas. Alguna obra espiritual de su atrapado a este pobre espíritu.
Hijo
¿Cómo puedo ayudarte?
Mami
La próxima vez que venga el espíritu, hablas con él. Ten valor y ayuda a esta pobre criatura.
Hijo
Vale. Prometo que intentaré hacerlo.
Mami

Eres un buen joven. Es el orgullo de mamá.

Hijo

Tú también eres mi orgullo. Gracias por la orientación.

Habitación

joven

Viniste. ¿Cómo puedo ayudarte?

Fantasma

Gracias por el interés, chico. Pero no quiero tu ayuda. Esta es mi casa y quiero que te vayas. Prometo que no te haré daño si me obedeces.

Joven

¿Pero por qué nos molestamos?

Fantasma

No tengo que explicarlo. Solamente quiero que te vayas.

Joven

Vale. Rezaré por ti.

Fantasma

No hagas eso. Soy un ángel caído. No lo quiero, y no quiero la luz. Déjame en paz.

Joven

¡Hágase tu voluntad!

El lobo

habitación

Mamá

Hijo, ve de compras al supermercado porque la despensa está vacía.

Hijo

No lo haré, mamá. Estoy ocupado. Si quieres, ve por ella misma.

Mamá

¡Qué desagradecido! ¿No recuerdas todo lo que hago por ti?

Hijo

Lo haces porque quieres. Cada uno que se encarga de sus propias responsabilidades.

Cocina

Mamá

Hijo, me han hablado de ti. ¿Es verdad que estás pidiendo limosna en la calle?

Hijo

Sí, es verdad. Estoy obligado a hacer esto porque no me das dinero.

Mamá

No estoy obligado a darte dinero. Ya eres un niño. ¡Si quieres dinero, ve a trabajar!

Hijo

¿Por qué no te gusto? Soy tu único hijo y no me valoras.

Mamá

Te amo. Pero me avergüenzas todo el tiempo. No apruebo tus actitudes.

Hijo

¡Ordinario! ¡Te enseñaré una lección!

El hijo golpea a su madre

Mamá

¡Maldito seas! ¿Por qué me pegaste, te escondo? De ahora en adelante, te acostarás sobre el césped como un animal. ¡Serás un lobo!

Mamá

Ahora, eres una lección para todos los niños rebeldes. El respeto a los padres es la ley de Dios. Nunca volverás a ser un hombre porque golpeaste a tu propia madre.

El monstruo del bosque

Mami

Cariño, no hay madera. ¿Podrías conseguirlo?

Esposa

Mujer, es de noche. ¿Por qué no lo preguntaste primero?

Mami

Ni siquiera noté la falta de madera. No me digas que estás asustada. ¡Un hombre tan grande! ¡Qué vergüenza!

Esposa

¡No es miedo! Es solamente una precaución. Pero si es urgente, me arriesgaré.

Mami

Por eso te amo, cariño.

Hombre

Estar en la naturaleza es algo realmente increíble y peligroso. La noche cae y hace que el bosque parezca aún más misterioso. ¡Qué bueno ser parte de esto! El dueño de todo esto es Dios. Algunas personas se sienten orgullosas, pero no poseen nada. Únicamente somos polvo y polvo que volveremos. Así que, me encanta intensamente.

Tengo una hermosa esposa. Era la mujer que mis sueños podían conquistar. Incluso hago cosas locas por ella. Un ejemplo es estar aquí en el bosque corriendo peligros. ¡Espero salir de esto vivo!

Hombre

Encontré el bosque. ¡Ahora me voy a casa!

¡Un monstruo! ¡Dios mío!

A casa

Mujer

¿Qué pasa, tío? ¿Por qué estás desesperado?

Hombre

¡Vi a un monstruo! ¡No debí haberte escuchado! Casi me joden.

Mujer

¡Dios mío! ¡Qué horror! ¿Cómo podría adivinar, mi amor? Solo quería el bosque. Gracias por intentarlo. ¡Te perdono por eso!

Hombre

¿Todavía me perdonas? ¡Qué sarcástico! Pero está bien. Por mucho que te quiera, nunca volveré al bosque por la noche. Ni siquiera me lo preguntas.

Mujer

¡No hay problema! Lo importante es que nuestro amor permanece. Eres mi oro, mi amor.

Hombre

Tú también eres importante para mí. ¡Te perdono!

La Isla de Perla en Polinesia

Después de horas de cruzar el mar repugnante, el equipo serial se acerca a una isla. Estaba oscuro y estaban borrosos y cansados. Lo arreglan y lo atrapan en la isla.

Divino

¡Finalmente estamos aquí! Estaba cansado del gran cruce en el mar. Con esto, se levantan nuevas esperanzas. Estoy muy emocionada por esta nueva etapa de aprendizaje.

Renato

Yo también, querido compañero aventura. La ansiedad me define completamente. El cruce del mar era interesante y vigorizante. Pero quiero más emociones y aventuras.

Guardián

Seguro que tendremos más aprendizaje. Esto me parece una linda isla. Un lugar para descansar y reflejar. Esperemos encontrar un signo de vida.

Alexis

Lo acaban de encontrar. Soy gerente de la isla. Me llamo Alexis. ¿Quién eres?

Divino

Soy el hijo de Dios. Pero también me conocen como psíquica o Divina. Estamos de vacaciones. El destino nos trajo aquí.

Renato

Me llamo Renato. Soy parte integrante del equipo psíquico. Me encantan las aventuras fantásticas.

Guardián

Soy el espíritu de la montaña. Soy el asesor del equipo. Es un honor estar aquí. Estamos cansados. ¿Podrías ayudarnos?

Alexis

Puedes contar con mi ayuda. Ven conmigo. Mi casa está cerca de aquí.

El cuarteto comienza a caminar en la playa de la isla. Lo siguiente que sabes es que están en el bosque cerrado. A través del guía, en unos minutos, pueden llegar a una simple cabaña rústica con vistas al mar. Eso es todo lo que necesitaban en ese momento. Entran en el interior de la casa y se establecen en la habitación.

Divino

¿Podría decirnos dónde estamos exactamente?

Alexis

Estás en la isla Pitcairn en Polinesia.

Renato

Eso es maravilloso. ¿Podrías contar tu historia corta?

Alexis

Los humanos han estado en esta isla durante más de un milenio. Solían usar esta isla y la isla vecina conocida como Henderson. Desde el principio, los habitantes de las dos islas cooperaron entre sí creando un comercio sólido. Sin embargo, hubo un desastre medioambiental en el siglo XVI que imposiblemente comunicar entre las islas. Unos cien años después, las islas fueron redescubiertas por los ingleses. Nos convertimos en colonia británica en 1838. En realidad, pocas personas viven aquí.

Guardián

Vivir en una isla debe ser muy difícil. ¿Con qué consiste tu economía?

Alexis

Tenemos un suelo muy fértil. Plantamos muchas frutas, verduras y granos. Pescamos y hacemos artesanías, también. También somos un país de riquezas minerales. Producimos muchos metales preciosos.

Divino

¿Cómo funciona tu comunicación con el mundo?

Alexis

Tenemos acceso a la televisión, la radio y la Internet. Definitivamente el mundo moderno ha llegado a nuestra isla.

Renato

¿Cómo está tu forma de vivir? ¿Qué crees?

Alexis

En la antigüedad, seguimos reglas muy estrictas. Pero con la globalización, somos totalmente liberales. Creemos en Dios.

Guardián

¿Hay fantasmas por aquí?

Alexis

Muchos fantasmas. Las casas más antiguas están embrujadas por varias de ellas. Evitamos salir de noche con miedo al hombre lobo o al Mono Gigante.

Renato

¡Dios mío! ¡Estoy tan asustada! ¿Adónde fuimos?

Divino

Muy tranquilo en ese momento, Renato. Es solamente una noche que vamos a estar aquí. No va a pasar nada malo.

Alexis

No tienes nada de qué preocuparte. Estos monstruos solamente aparecen en la luna llena. Estás a salvo.

Guardián

Bien. Estamos más tranquilos. Va a ser una gran estancia.

Alexis

Ahora es mi turno de preguntar. ¿Cómo llegaste aquí? ¿Quién eres realmente?

Divino

Soy psíquica. Venimos de Brasil. Somos los personajes principales de la serie los psíquicos. Con el tiempo, vamos a realizar aventuras más difíciles. Esta es la parte de las aventuras en el mundo. Hemos abandonado todos nuestros compromisos para poder conocer nuevas culturas, lugares y creencias. Es muy instigarte viajar, sentir, aprender y ayudar a la gente. Creo que cada ser humano tiene su misión. Cada uno puede desempeñar un papel bueno contribuyendo a un mundo mejor. Si pudiera darte un consejo, diría: "Ama más, vive más, perdona más". Pero también aléjate de las malas influencias. El lobo no puede vivir con ovejas. Así que junta las cosas. Ser feliz es una cuestión de elección. No vas a ser un socio que te va a hacer una oportunidad. Sé feliz por ti mismo. Crece y gana. Sé el plomo en tu propia vida.

Alexis

Bien hecho, amado. Siempre me guían por un buen comportamiento. Aprendemos de nuestros padres los buenos valores. Ya sabes, estar lejos de la violencia urbana es un gran premio. Es como si estuviéramos en el cielo prometido por Cristo. A través de nuestras comunicaciones, nos damos cuenta de que el mundo no va bien. La gente olvida a Dios y el materialismo vivo. El mal es grande y aterrador. Necesitamos respirar, reconsiderar valores y evolucionar. Nada es casualidad. Tenemos que marcar la diferencia.

Guardián

Sean esa diferencia en la vida de las personas. Por eso estamos aquí. Celebra la vida.

Renato

Siempre sea el cambio. No te alegres de ser una persona común. Usa tus buenas obras y ayuda al mundo.

Alexis

Lo haré. Gracias a todos.

Un paraíso en medio del mar

La compañía psíquica navega hacia el mar. Una explosión de vientos seguida por una brisa delgada golpea la nave. Es hora de una gran concentración de equipo.

Divino

La noche está cayendo. Hemos estado navegando por el mar durante horas, pero no hay señales de vida. Estoy perdiendo la esperanza. ¿Qué nos espera?

Guardián

Tranquilo, soñador. Se necesita paciencia y esperanza. Estaremos cerca de una isla en unos minutos. Estoy sintiendo que todo mejorará. Créelo.

Renato

Tú eres el que nos enseñó a tomar precaución y fe. No me decepciones, querido amigo. Sigamos intentándolo.

Divino

Vale. Me convencieron. Sigamos adelante.

Dos horas después, finalmente llegan al Archipiélago de Coco. Un paisaje exuberante se muestra a sus ojos. Las islas están cubiertas por una selva tropical. Muchos animales, rica vegetación y especies marinas. Las montañas, altas tierras y grandes cantidades de cocos caracterizan la pertinencia.

Guardián

Vinimos a descansar. Me parece un lugar muy místico. Siento vibraciones positivas intensas. ¿Qué piensas, hijo de Dios?

Divino

Es un lugar encantador. Me siento bien aquí. ¿Y tú, Renato?

Renato

Es como un lugar de mis sueños. Naturaleza rica, buen clima y misterio. Eso es todo lo que quería.

Jasmine

Buenas noches a todos. ¿De dónde vienes y qué quieres?

Divino

Soy el psíquico. Somos un equipo de aventureros y estamos buscando aventura. ¿Y tú?

Jasmine

Soy el administrador de la isla. Veo que estás cansado del viaje. Te ofrezco comida y descanso.

Guardián

¡Muchas gracias! Así que podemos conocernos mejor.

Los cuatro se mudaron a los metros a una casa rústica. Pequeña pero cómoda residencia. Han entrado en el lugar donde se aloja en el sofá en la sala de estar.

Divino

Muchas gracias por quedarse. ¿Podría contarnos un poco sobre la historia de este lugar?

Jasmine

Será un honor. La isla fue descubierta a principios del siglo XVII por un capitán británico perteneciente a la compañía india. Pero pronto se fue y la isla se quedó deshabitada. Dos siglos después, un marinero escocés llegó aquí que fijó la residencia. Tras los cambios exitosos de mando, el territorio pertenece actualmente a Australia.

Renato

¿Cómo está la economía de este lugar?

Jasmine

Producimos coco y copra e importamos el resto de los productos.

Guardián

¿Cómo está el tiempo aquí?

Jasmine

El clima es bueno, lluvia y sol adecuado. En los primeros meses del año, hemos estado en acción en los ciclones. Pero en general, es muy agradable vivir aquí.

Divino

¿Tenemos leyendas aquí?

Jasmine

Varios. Hay informes de personas que han visto fantasmas. Muchos marineros murieron aquí en tiempos remotos. Pero honestamente no creo eso. Nunca he visto nada inusual.

Guardián

Es cierto o no, es un lugar muy interesante. Estamos en un viaje sin precedentes. Necesitamos conocer el mundo para entendernos. Queremos conocer nuestro lugar en el mundo. En cada lugar que hemos aterrizado, nuevas emociones. Por eso es tan importante para ustedes.

Jasmine

Me alegro de contribuir. Ya dejaste tu marca. Eres agradable, inteligente y espiritualista. Es un placer tenerte.

Renato

Te doy las gracias en nombre de todos. Esto se está volviendo muy interesante. Eso contribuye a nuestro conocimiento. Nunca olvidemos estos momentos.

Jasmine

Pónganse cómodos. Ahora, eres parte de la historia de la isla. Te extrañaré cuando te vayas.

Divino

Eso es inevitable. Somos ciudadanos del mundo. Llevamos buenas experiencias y olvidamos las malas experiencias. Es un proceso evolutivo del alma. Tu ayuda es muy buena. Descansemos. Las próximas promesas de aventura.

En la isla de la Ascensión

La compañía psíquica ha estado viajando por el océano en compañía del navegador portugués Juan de Nova. Fueron momentos de gran angustia y emoción debido a los giros del viaje.

John de Nova

Nos acercamos a la Isla Ascensión. Tenemos que parar para combustible. Necesitamos encontrar comida, combustible y descansar los instrumentos de la nave. Hay un desgaste natural de todos los componentes de la nave. ¿Cómo te sientes, jóvenes soñadores?

Divino

Lo estamos haciendo genial. Me alegro de que tengas un descanso. Estamos tan aburridos con este viaje. También necesitamos repostar nuestra energía espiritual, equilibrar las fuerzas opuestas, controlar los chacras, implosionar el aura interior y dar nuestro grito de libertad. ¿Qué piensa usted, maestro?

Espíritu de la Montaña

Es un punto de encuentro de nuestros objetivos. El destino nos llama a reflexionar, a interrogarnos sobre todo lo que hemos pasado, experimentando nuevas situaciones. En resumen, las aventuras nos llaman para actuar. Siento vibraciones positivas de todos los que nos acompañan. ¿Cómo te sientes, Renato?

Renato

Me siento totalmente feliz de saber sobre la tierra. Soy un ser terrenal por naturaleza.

John de Nova

Muy bien. Estoy feliz por todos nosotros. Sigamos adelante.

La llegada a la isla

Los marineros están aterrizando. El sol es fuerte y los vientos forman una brisa delgada en la dirección sureste de la isla. Como el clima era bueno, empiezan a construir una simple cabaña. Poco después, el refugio está listo.

Renato

Estoy pensando en caminar por la isla. Suena como un lugar bonito.

Divino

Yo también lo siento. No he estado en un día de entrada. El ambiente del barco no es adecuado para ejercicios físicos. Sabemos lo importante que es esto para el cuerpo.

Espíritu de la Montaña

Entonces propongo un paseo de prensa. Aunque es una buena retrospectiva, no sabemos qué secretos guarda la isla. La precaución debe ser el punto principal que debe observarse en este momento.

John de Nova

Te acompañaré fuera. No te preocupes. Soy un hombre muy experimentado.

Han hecho lo que acordaron. Empezaron un paseo conjunto por los senderos de la isla. El lugar se caracterizó por la vegetación espeluznante, seca y estéril. En su compañía, cabras, vacas y caballos que pastoreaban. En la costa, había aves marinas y tortugas.

El paseo comienza ralentizando los pasos. El sol era cauteloso lo que causó sudores y agotamiento.

John de Nova

Hice un punto de mantenerlos al día por seguridad. No sabemos que podemos encontrarlo aquí.

Espíritu de la Montaña

Pase lo que pase, estamos preparados, señor. Somos un equipo competente en aventuras. Parece que el peligro está siempre a nuestro alcance. En mis milenios de experiencia, aprendí a enfrentar las situaciones muy a la ligera.

Renato

Mi madre adoptiva es genial. Aprendí cosas importantes de ti, mamá. Soy una persona más segura a tu alrededor.

Espíritu de montaña

Me alegro, hijo. Me encanta esta misión de ser tu falsa madre.

Divino

Admiro tu sindicato. Soy más experimentado y completo porque vivo con ambos. Esto es extremadamente importante para mi carrera literaria.

John de Nova

¡Oh, hombre! Estoy abrumado por tu habilidad. Estamos en el lugar correcto y en el momento adecuado. ¡Vinimos a brillar!

Cruzan muchas islas. Cerca de un abismo, se detienen un poco para observar el paisaje característico del lugar. Ahora mismo, un viejo alto, fuerte, varonil, oscuro se presenta.

Protector de islas

Soy el protector de la isla. ¿Podría explicar por qué vino a visitarme?

John de Nova

Hemos venido en una misión de paz. Estamos descansando un largo viaje.

Protector de islas

¡Muy bien! Pero te pido que te vayas lo antes posible. Este lugar es mi territorio. No me gusta que me molesten.

Espíritu de la Montaña

Lo entendemos perfectamente. No te preocupes. Nos iremos mañana.

Divino

Somos buenas personas. No vamos a hacerte daño. ¿Puedes decirme por qué tanto miedo?

Protector de islas

No es nada contra ti. Pero yo era un brujo vicioso. Si alguien se queda en la isla por más de siete días, desaparezco. Así que pido la cooperación de todos.

Renato

No hay problema, amigo. No nos interpondremos en tu camino.

Como el señor prometió, se retiraron de la isla y regresaron a la nave. Todavía había muchas cosas que experimentar en sus caminatas por todo el mundo.

Fin

www.ingramcontent.com/pod-product-compliance
Lightning Source LLC
LaVergne TN
LVHW020449080526
838202LV00055B/5391